蜜ぱら

北野未奈
Kitano MINA

Kitano MINA PHOTO BOOK
Location in Thailand

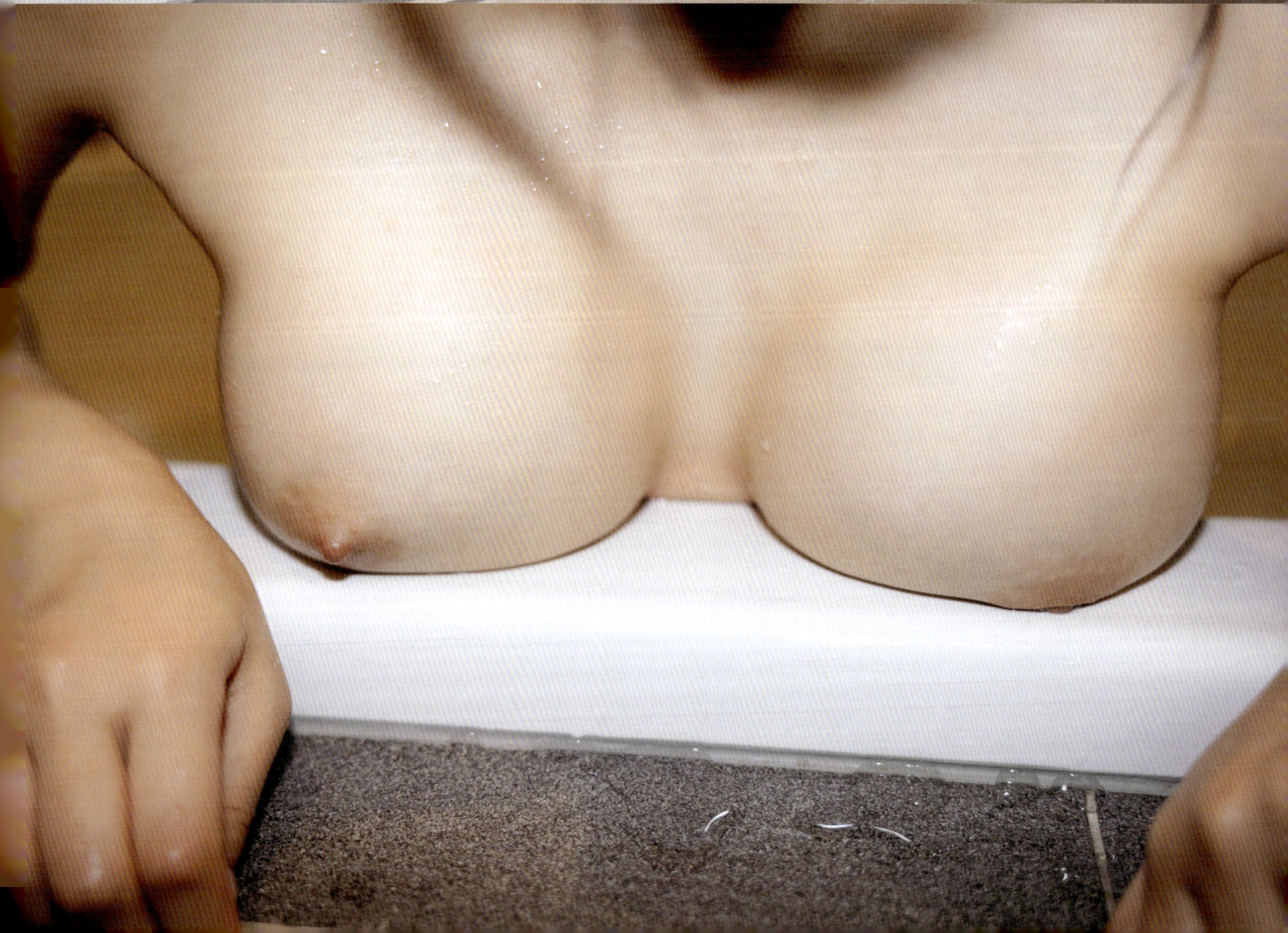

LOVE

LOVE

Kitano MINA PHOTO BOOK
Location in Thailand

Artist: KITANO MINA
Photographer: MAKIHARA SUSUMU
Styling: TOSHIKUNI ISAKO
Hair and make-up: TOSHIKUNI ISAKO
Artist Management: OKAMOTO KANA (LIGHT)
TADA AKARI (LIGHT)
Art Director: MIZUKI RYOTA
Editor: SHIBATA HIROSHI (TAKESHOBO)

落丁・乱丁があった場合は furyo@takeshobo.co.jp までメールにてお問い合わせください。

定価はカバーに表記してあります。

Printed in JAPAN